INSULINE & MAGNOLIA

ACTES SUD – PAPIERS
Direction éditoriale : Claire David

Également disponible en livre numérique

Photographie de couverture : © Irène Jonas - Agence révélateur

ISBN 978-2-330-17659-4

INSULINE & MAGNOLIA

Stanislas Roquette

A
U
SINGULIER

Pour Laurence, François, Neige et Liam.

1

Le 5 juillet 2010, j'étais dans le petit cimetière de Belley, un village au pied des Alpes.

Dans mes mains, je tenais un volume relié de *Cyrano de Bergerac.*
Devant l'assemblée réunie autour de la tombe, je m'apprêtais à lire la grande tirade de l'acte II.
J'ai ouvert le livre, mais au moment de lire, un souvenir d'enfance m'est revenu.
Un cauchemar de l'école primaire.

Les premiers lundis de chaque mois, notre maîtresse, Mme Sardimet, organisait des "lundi poésie".
Récitations devant toute la classe, avec note dans le carnet, qui démarraient à huit heures.
Elle nous faisait entrer dans la salle :
"Allez, on se met en rangs deux par deux et on se dépêche, s'il vous plaît, on se dépêche !"

Personne ne bavarde. On s'assoit.
"Un volontaire ? Une ?"
Tout le monde regarde sa trousse. On n'entend même plus les mouches voler, elles ont trop peur.
Mme Sardimet sort sa liste d'appel.
"Stanislas !"
Je me lève et j'avance jusqu'au tableau comme vers une potence.
Debout sur l'estrade, toute la classe me fixe. Quelques regards charitables. D'autres soulagés. La plupart attendent la suite avec avidité.
Mme Sardimet est à son bureau. Le carnet de notes est ouvert devant elle.
"Tout le monde t'écoute."

Je n'arrivais pas à les apprendre, les poésies.

"C'est pas ma faute, maîtresse...
j'ai oublié mon cahier de textes à la cantine...
la salle de sport était fermée...
samedi j'avais judo...
et mon papa...
mathématiques...
dans la voiture...
— Tu ne l'as pas apprise, ta poésie ?
— J'ai lu, j'ai lu, mais j'ai pas réussi.
— Alors on va demander à tous tes petits camarades de t'aider. D'accord ?

Eux, je suis sûre qu'ils la connaissent par cœur.
On l'aide ?

> Demain, dès l'aube, à l'heure où blanchit la campagne,
> Je partirai. Vois-tu, je sais que tu m'attends.
> J'irai par la forêt, j'irai par la montagne.
> Je ne puis demeurer loin de toi plus longtemps.

Tu peux nous dire de quoi parle Victor Hugo ?
Non ? Alors on continue.

> Je marcherai les yeux fixés sur mes pensées,

Il y a moins de monde pour la deuxième strophe !

> Sans rien voir au dehors, sans entendre aucun bruit,
> Seul, inconnu, le dos courbé, les mains croisées,
> Triste, et le jour pour moi sera comme la nuit.

Toujours pas ?"

Je vois bien qu'elle est déçue, alors j'essaie de me concentrer.
Hugo écrit que la campagne blanchit. Je me dis : il neige.
Après il dit qu'il va à la montagne, qu'il a le dos courbé, les mains croisées, qu'il ne voit rien et qu'il n'entend rien… Je dis : "Il fait du ski !

— Non, Stanislas, il ne fait pas du ski. Il va sur la tombe de sa fille Léopoldine, qui est morte noyée dans une rivière. Tu peux retourner à ta place."

2

Je ne comprenais pas le sens des textes qu'il fallait apprendre.
Je ne voyais pas de différence entre *Le Corbeau et le Renard*,
une poésie sur l'arrivée du printemps,
la mort d'un résistant,
la fête des rois,
la galette des mères.
Je n'arrivais pas à les apprendre parce que je ne les comprenais pas.

Le seul endroit où je connaissais par cœur des textes entiers, même sans les comprendre, c'était le dimanche, à la messe.
Le prêtre chantait :
"Le Seigneur soit avec vous."
Tout le monde répondait :
"Et avec votre esprit."

J'étais enfant de chœur.
Pour moi, le prêtre était un chanteur de rock.
"Élevons notre cœur.
— Nous le tournons vers le Seigneur.
— Rendons grâce au Seigneur notre Dieu.
— Cela est juste et bon."
Arrivait ensuite mon passage préféré.
Il faisait un slam, comme ça, l'air de rien, le plus de mots possible en un temps record : "Vraiment, il est juste et bon de te rendre gloire, de t'offrir notre action de grâce, toujours et en tout lieu, à toi, Père très saint, Dieu éternel et tout-puissant, dans l'unité du Saint-Esprit. Tout honneur et toute gloire, pour les siècles des siècles…
— Aaaaameeeeeeeen !"

À la fin, devant l'autel, face à la nef, il levait les bras, et lançait :
"Allez dans la paix du Christ !"
Sœur Françoise empoignait sa guitare. Je sortais de l'église en chantant :
"Le Seigneur est ma force et mon chant,
Le Seigneur est mon salut !
Je ne mourrai pas, non, je vivrai,
Je dirai l'œuvre de Dieu !
Alléluia, Alléluia, Alléluia…"

Huit ans. CE2…
“Alléluia… Alléluia…”
Ça a continué tout le collège. La vie, belle !
“Alléluia…”

3

Mais un jour, j'ai eu quinze ans.

On partait en vacances. Mon père a dit :
“Eh dis donc, Alléluia, ça fait une heure qu'on t'attend.
Maman a fait ton sac, les filles sont dans la voiture !
— J'arrive, il faut que j'aille aux toilettes ! Et mon couteau suisse, je sais plus où il est…
— On s'en fout de ton couteau suisse, va aux toilettes et reviens tout de suite !”

J'en avais besoin, de mon couteau suisse. Je voulais construire des cabanes, faire des barrages dans les ruisseaux, découper des rondelles de saucisson, éplucher des pommes d'un seul coup…
Il est où… Non, pas là… Couteau… ? Petit Couteau… ?
“Stanislas !” *(Klaxon ! Klaxon !)*

Sous les tapis, sur le buffet, dans les tiroirs...
"Si dans trente secondes tu n'es pas là, je viens te chercher..." *(Klaxon ! Klaxon !)*
Dans la caisse à outils, sur le vide-poches de l'entrée...
Sous le frigidaire...
"Je compte jusqu'à trois : un, deux..."
(Klaxon prolongé !)
Alors je me mets à genoux, et je tente :
"Seigneur mon Dieu, s'il te plaît,
par la force de l'univers,
fais un miracle."

Et là mon couteau suisse, disparu depuis vingt-quatre heures, reparaît d'un seul coup dans la poche arrière droite de mon pantalon.

"Stanislas !"

Je suis monté dans la voiture :
"« Le Seigneur est ma force et mon chant,
Le Seigneur est mon salut ! »"
Ma sœur :
"Arrête de chanter !
— « Je ne mourrai pas, non, je vivrai... »
— Maman, tu peux lui dire de se taire ?
— Stanislas, tu fatigues tout le monde... Pense à ton père qui conduit ! Tu veux qu'on ait un accident ?

— « Je dirai l'œuvre de Dieu ! »
— Bon, ça suffit maintenant ! Si tu continues à chanter, tu ne vivras pas, non, tu mourras !
Et si tu veux encore dire l'œuvre de Dieu, tu le fais, mais dans ta tête !
Merde !"

Partir en vacances avec la voiture, c'est ce que j'ai préféré dans mon enfance.
Papa conduit, il sait où il va. Maman nous parle doucement. À l'arrière, ma sœur s'endort. Moi, je regarde le paysage défiler, avec le ronron de la voiture sur l'autoroute dans la nuit.

"Papa, tu peux t'arrêter à la prochaine station ?
— Tu es déjà allé aux toilettes avant de partir, non ?
— J'ai encore envie…"

"Papa, tu peux sortir à la prochaine aire ?
— Encore ? Tu n'es plus un bébé, tu te retiens.
— C'est vraiment urgent…"

"Pardon papa, je ne sais pas pourquoi, j'ai encore envie.

— Évidemment, tu n'arrêtes pas de boire ! Écoute, c'est quoi ton problème ? Je te préviens, c'est la dernière fois qu'on s'arrête."

"Papa ?
— Il pisse tout le temps ce garçon ! On a pondu une usine à pisse… Tu prends une bouteille, tu pisses dedans ou tu te pisses dessus mais on ne s'arrête pas !
— Stanislas, papa a raison, tu ne peux pas te retenir un peu ?
Stanislas ?
Ça va ?
Stanislas ?"

4

Dans le service d'urgences de l'hôpital, à cause de la fièvre et de la déshydratation, les internes ont voulu que je passe la nuit en surveillance.

Dans la chambre double, il y avait un malade à côté :
"Nadine ? Nadine, c'est toi ? Réponds-moi Nadine, je sais que tu es là. Viens plus près, Nadine…"

L'infirmière arrive :
"Rendormez-vous, monsieur Zylberstein, Nadine ne viendra pas ce soir, et pas demain non plus."
Elle se tourne vers moi :
"On va fermer le rideau, d'accord ? Comme ça, le monsieur à côté ne t'embêtera plus, tu pourras te reposer.
Il ne faut pas lui en vouloir, il est amnésique.

— Amnésique ?
— Il ne se souvient de rien des cinq dernières années. Moi, je suis son épagneul breton, mort en 1993. Il m'appelle « Pistache »…
— Moi aussi, je suis amnésique ?
— Non, toi, c'est autre chose. Le médecin va venir demain, d'accord ?
— Pistache ? Pistache ?…
— Non, Pistache ne viendra pas ce soir, monsieur Zylberstein, et pas demain non plus."

Quand l'infirmière est partie, je me précipite sur le rebord de mon lit, où elle vient d'accrocher le compte rendu de mes analyses.

5

Au petit matin, le médecin-chef entre dans ma chambre.

“Combien il nous fait en glycémie, ce matin ?
Eh bien c’est pas mal…
Ça va, il a bien dormi ? Il a mangé sa compote ? Bien…

Bonjour jeune homme.
Bon, tes parents te l’ont déjà dit ? Tu es diabétique.
Type 1, insulino-dépendant.
— Diabétique ? Insulino-dépendant ?
— Oui.
Depuis quelques semaines, ton pancréas détruit ses propres cellules.
— Mon pancréas ?
— Oui. Ton corps, complètement zinzin, s’en prend à lui-même.

Ton pancréas se saborde tout seul, il n'arrive plus à sécréter suffisamment d'insuline. L'insuline est l'hormone nécessaire à ton corps pour transformer le sucre que tu manges en énergie.
Donc, à partir de maintenant, il faut que tu te fasses une piqûre avec de l'insuline artificielle, plusieurs fois par jour.
— Plusieurs fois par jour, une piqûre ?
— Oui. L'insuline dans le sang va te permettre d'assimiler les aliments que tu manges.
— Si je fais ça, je serai guéri ?
— T'es guéri pendant deux heures, après, tu vérifies !
Ton taux de sucre va faire du yoyo.
Trop haut : hyperglycémie, trop bas : hypoglycémie.
Il va monter quand tu manges, il va descendre quand tu fais du sport ou quand tu te fais une injection.
Il va aussi varier selon un facteur émotionnel X, qui pourra faire monter ou descendre ta glycémie selon ce que tu vis intérieurement.
À condition bien sûr de vivre des choses intérieurement…
— Un facteur émotionnel X ?
— Oui. Il va changer tout le temps, tu ne vas pas t'ennuyer !

Écoute, ce n'est peut-être pas très clair, je suis désolé, mais ça ne l'est pas pour nous non plus.
Certaines choses nous échappent. La science a ses limites.
Après, attention, aujourd'hui, le diabète se traite bien, on connaît le protocole.
— Mais… qu'est-ce que j'ai fait ?
— Mon garçon, tu n'as rien fait ! Mets-toi ça dans la tête !
Aucun antécédent dans ta famille… Pur hasard !
Comme si dans le ciel un tireur fou canardait au hasard :
« Paf, cancer ! Paf, pneumonie ! Bim, Creutzfeldt-Jakob ! »
Et pouf, pas de chance, diabète.
C'est pas de ta faute…
T'as quel âge, toi ? Quinze ans ?
Quelle chance, quinze ans, la vie devant toi !
Si tu veux, tu seras avocat, médecin, ministre, tu vas sauver le monde !
J'espère juste que tu ne voulais pas être pilote de ligne, parce que ça, c'est plié…
Tu ne voulais pas être pilote de ligne ?
— Et je vais guérir quand ?
— C'est une maladie… à vie.
Mais on n'en meurt pas.

Si on suit bien le traitement, on n'en meurt pas. On peut vivre très bien !
Malade, mais vivant !
Et même : statistiquement, le niveau moyen de rémunération des diabétiques est supérieur à celui des bien portants.
Sur une durée de vie un peu plus courte, mais quand même !
Et si tu cherches une femme diabétique, comme toi, par exemple il y a Sharon Stone. Sharon Stone !
— Je peux pas guérir ?
— Non.
Mais la recherche… recherche.
Tu vas te sentir bien à l'hôpital : ici, tout le monde est aux petits soins.

Docteur Ianouvitch (c'est la diététicienne du service), ça ne vous embête pas de venir parler au jeune homme du menu ?"

6

“Bonjour bonjour ! Venez avec moi.
Est-ce que vous aimez bien manger ?
J’ai vu que vous habitez à Lyon, capitale de la gastronomie.
Vous aimez la bonne cuisine ?
Parce qu’une fois qu’on a mis de côté tous les sucres rapides, on découvre dans les sucres lents des aliments incroyables…
Est-ce que vous connaissez, par exemple, les lentilles corail ? Vous allez devenir addict !
— Je ne pourrai plus jamais manger de sucre ?
— Si, mais rarement et à toute petite dose.
Après, pour varier les plaisirs, il y a plein d’alternatives : le quinoa, les patates douces, la purée de pois chiches, les haricots blancs…
— Des pois chiches pour le goûter ?
— Pour la collation de quatre heures, si vous voulez un gâteau, il existe des petits biscuits aux pommes sans sucre à teneur réduite en matière grasse : excellents.

Vous pourrez en prendre un !
Ensuite, il va falloir vous habituer à peser vos aliments pour préparer des portions justes à chaque repas. Le déjeuner type, c'est :
Cent grammes de riz complet, cent grammes de steak haché, dix choux de Bruxelles et dix grains de raisin.
Mais si c'est jour de fête, vous pouvez augmenter le nombre de choux de Bruxelles.
— Mais j'ai même pas de balance !
— On va vous en prêter une. Petit à petit, vous allez acquérir le coup d'œil, ce sera : un jeu !
Pour le traitement, on vous l'a dit, au moins cinq piqûres d'insuline par jour : une à chaque repas, en comptant la collation, une au coucher.
Avant la piqûre, toujours vérifier votre taux de sucre avec la goutte de sang au bout du doigt, d'accord ?
Si le taux de sucre est supérieur à 200 mg/DL, il faut faire la piqûre une demi-heure avant le début du repas ;
si le taux est compris entre 200 et 120 mg/DL, il faut la faire un quart d'heure avant le début du repas ;
entre 120 et 80,
juste avant le début du repas ;
entre 80 et 50,

juste après ;
et en dessous de 50,
il faut appeler les pompiers…

Ça va, c'est clair ?"

7

Dans une chambre d'adolescent.

"Le Seigneur est ma force et mon chant,
Le Seigneur est mon salut.
Je ne mourrai pas, non, je vivrai."

Stanislas sort une trousse.

"Pour l'injection, deux flacons :
insuline lente, insuline rapide."

Il lit la notice.

> "D'abord les secouer tous les deux pour mélanger la suspension trouble, puis prendre la seringue.
>
> Vous injectez une dose d'air dans le flacon d'insuline rapide, puis vous faites la même chose avec le flacon d'insuline lente, puis vous aspirez la dose d'insuline lente, et

vous repiquez dans l'autre flacon pour mélanger avec l'insuline rapide.

La zone d'injection.
Le matin, dans le bras. Le midi et à quatre heures, dans le ventre. Le soir, dans la cuisse. Au coucher, dans la fesse."

Il s'entraîne.

"Matin bras, midi quatre heures ventre, soir cuisse, coucher fesse."

"Vous désinfectez, vous pincez votre graisse avec la main gauche, et vous piquez d'un coup net, à la verticale de la peau."

8

"Pourquoi tu te fais une piqûre ?"

À la cafète du lycée, tout le monde me pose des questions :

"Ça fait mal ou pas ?
— T'as pas peur du sang ?
— Combien t'en fais par jour ?
— Et si t'oublies de faire une piqûre, tu meurs ?
— Tu peux pas genre tomber dans le coma ?
— Pourquoi on peut pas te soigner ? J'espère que c'est pas contagieux…
— C'est pour ça que tu peux plus manger de bonbons ?
— À cause de ça que tu veux jamais fumer avec nous ? Franchement, j'aimerais pas être à ta place…"

Et là, une voix de femme résonne plus fort que toutes les autres :

“Au contraire.
C’est une chance incroyable que tu as, de marcher tous les jours à côté de la mort. Pas besoin d’opium quand on peut connaître seul un tel vertige.”

9

La fille qui vient de parler est très grande, avec des cheveux frisés.
Elle porte un long manteau noir et un béret.
Adossée à un pilier de la cafète, pieds nus, le regard clair, elle tient dans ses mains un livre encore ouvert : *Cyrano de Bergerac*.
Je découvre les symptômes de l'hypoglycémie : fringale, sueurs, tremblements.
Facteur émotionnel X.
Le temps de sortir une pastille de glucose saveur cassis, elle est partie.

Je demande :
“C'est qui cette fille, elle est dans quelle classe ?
— C'est une littéraire, elle parle un peu bizarre.
— Comment elle s'appelle ?
— Fleur.”

Deux jours plus tard, je la recroise, elle sort de la bibliothèque.
Avec un grand sourire, elle me dit :
"Salve, tibi ! Quid novi ?"
Je ne connais pas de phrase en latin, j'improvise :
"Tou vadis à la cantinam ?"

Pour entrer dans le réfectoire, elle bouscule tous ceux qui font gentiment la queue, mais au lieu de dire "S'il vous plaît, pardon", elle dit "Youkoulélé, miséricorde ! Youkoulélé, miséricorde !"
Elle me fait signe de la suivre et se dirige vers une table tout au fond, isolée loin des autres.
Au moment où le cuisinier m'apporte mon régime spécial pauvre en sucres, pois chiches-brocolis-épinard, elle se lève et lui dit :
"Gloire à *tibi*, cordon-bleu, vous êtes fort hospitalier. Mais pour vous dire le net, miséricorde, nous souhaiterions *indigérer* une tout autre ripaille. Youkoulélé.
Ces chiches légumes nous crèvent le cœur à force de renoncement.
Mon commensal et moi-même avons fait fleurir largement assez de constellations spirituelles, nous préférons donc en finir avec

le féculent stoïque pour stipendier la nouvelle perspective de tarte tatin."

Tête du cuistot.

Je sors du sac à dos ma balance.
Je vais pour peser mon exacte ration de sucres lents, là, elle montre la salière :
"Est-ce qu'à la place du sucre tu peux me donner le sel de la vie ?"
Et au lieu de "merci", elle dit "magnolia".

Je décide de l'impressionner.
"Tu veux que je prenne ton taux de sucre avec mon lecteur de glycémie ?"
Longtemps j'ai cru que ça marchait bien avec les filles.
"On va faire une goutte de sang au bout du doigt.
Mais non, ça fait pas mal.
Alors tu as… 93 mg/DL.
Et moi… 234.
Je vais devoir pratiquer une injection de huit unités d'insuline rapide avec une aiguille de 12,7 mm dans mon tissu adipeux sous-cutané.
Il y a quelques années encore, l'insuline provenait de la vache ou du cochon, maintenant, je te rassure, tout est fait en laboratoire."
Fleur est captivée.

Je commence à lui parler en détail de la destruction progressive des cellules bêta-pancréatiques, mais à cet instant, la cloche sonne, et là, en me quittant, au lieu de "Au revoir, à bientôt", elle me lance :
"Péloponnèse ! Rhododendron !"

Ça a débuté comme ça.

Mais, pendant les récréations, je fuyais le regard des autres en m'enfermant dans les toilettes.

Stanislas parle à son couteau suisse.

"Bonjour Seigneur. J'ai besoin de te parler. Je sais que si je ne fais pas attention, je peux faire un coma, et mourir. Je sais.
Mais aujourd'hui, les médecins m'ont parlé des « petites complications à long terme » : artériosclérose, gastroparésie, neuropathie, rétinopathie, néphropathie, microangiopathie, tous ces mots qui peuvent me rendre aveugle ou me faire amputer d'un pied.
Seigneur, j'ai mangé trop de tartines. Je sais. J'ai trop tartiné les tartines. J'ai pris trop de plaisir avec les brownies. J'ai péché.

Seigneur, je ne suis peut-être pas digne de te recevoir, mais dis seulement une parole, et je serai guéri."

10

Au parc de la Tête d'Or, à la tombée du jour.
Fleur chante.

"« On ne force pas les choses
Elles partent comme elles éclosent
Les sépales de tes roses
Ont flambé

On se souvient d'une nuit, d'un refrain
Un soupçon de silence incertain
On s'abîme où l'on se pose
Les papillons osent

Mais la mer a repris
Les fossiles de nos folies
Que fais-tu là ?
Mais je sais pas
J'passais par là
Au coin du bois
Y avait ma vie
Qui m'attendait

Depuis trois siècles
Et me voilà
Mais v'la-t'-y-pas
Qui j'vois là-bas ?
Une autre vie
Qui m'tend les bras ».

— Il commence à pleuvoir. Il faudrait rentrer non ?
— « On ne force pas les choses
Elles partent comme elles éclosent »
— Je suis pas très couvert, j'ai un peu froid…
— « Le calice de tes roses
A flambé »
— Non mais Fleur, comment on va faire pour rentrer ?
— « On n'se dit rien, ça vit comme ça vient
Ça vient, ça va, ça vit, de bout de rien »
— Ils sont en train de fermer toutes les sorties du parc, faudra passer par-dessus les grilles !
— « Ça s'immisce
Les papillons osent
Mais la mer a repris
Les fossiles de nos folies »
— Qu'est-ce que tu fais, là ?
— « Mais je sais pas
J'allais par là
Au coin du bois
Vivre la vie

Qui m'attendra
Dans deux trois siècles
Je serai là »
— OK t'as gagné, on reste, mais au moins, on va s'abriter sous un arbre.

— « Au coin du bois j'ai trouvé ce matin
une autre vie qui me tendait les mains
Comme on n'était pas grand-chose
les papillons se posent

Et la mer a repris
les fossiles de nos folies

Je t'attendrai
au coin du bois
et puis toujours
tu seras là
Je t'attendrai
au coin du bois
et puis toujours
tu seras là ».

— Elle est belle ta chanson, mais j'ai pas compris.
— « Il ne faut pas comprendre, mon pauvre monsieur ! Il faut perdre connaissance. »
— Tu ne veux pas remettre tes chaussures ? Tu vas tomber malade… Viens t'asseoir sur mon K-Way !

— Tu sais, je connais cette chanson par cœur depuis des années, mais je suis incapable de te dire de quoi elle parle.
— Moi c'est pareil, je viens ici depuis tout petit, je n'ai jamais su pourquoi ça s'appelait le parc de la Tête d'Or.
— Il y a une tête en or du Christ sous le lac.
— C'est des histoires…
— Les histoires qu'on raconte sont parfois les plus vraies. Tu crois à une seule vérité, toi ? Une réalité ? Il y a un verbe plus puissant que tous les autres : transcender. C'est voir l'autre réalité. Qui qu'on soit, où qu'on soit, quoi qu'on fasse, on ne devrait s'occuper que de : transcender.
— La transcendance…
— Je ne parle pas de ton dieu. Mais de la transcendance parmi nous.
— Parmi nous ? C'est-à-dire ? Elle est où ? Là, elle plane, au-dessus ? Juste à côté, pas loin ? Sous le caillou, là-bas ?

— Non. Dedans."

11

Transcender, pour Fleur, c'était :
partir au Festival d'Avignon pour fêter la fin du lycée.
Voir le plus de spectacles possible en deux jours sans dormir et sans jamais faire de pause.
Se nourrir de la parole littéraire.
On l'a fait.

“Écoute Fleur, il est quinze heures trente, on a déjà vu quatre spectacles, c'était intense… Mais on n'a rien mangé depuis ce matin. Là, c'est plus moi qui transcende, c'est mon estomac.
On peut pas grignoter un taboulé place de l'Horloge, tranquille ?
Tu sais, normalement je dois prendre un repas toutes les quatre heures et faire mes piqûres à heure fixe, et sur mon carnet de contrôle il faut que je surveille ma glycémie,

je dois absolument rester dans la fourchette 80-140, sinon j'ai peur de…
— Surveiller Stanislas ?
Contrôler, calculer, avoir peur, être blême ?
« Non, merci ! non, merci ! non, merci !
Mais… chanter,
Rêver, rire, passer, être seul, être libre,
Avoir l'œil qui regarde bien, la voix qui vibre,
Mettre, quand il vous plaît, son feutre de travers,
Pour un oui, pour un non, se battre, – ou faire un vers !
Travailler sans souci de gloire ou de fortune,
À tel voyage, auquel on pense, dans la lune !
N'écrire jamais rien qui de soi ne sortît,
Et modeste d'ailleurs, se dire : mon petit,
Sois satisfait des fleurs, des fruits, même des feuilles,
Si c'est dans ton jardin à toi que tu les cueilles ! »"

Le soir venu, à la sortie du neuvième spectacle et du quatrième taboulé, l'enchaînement des chœurs antiques grecs et de *Phèdre* en langue des signes avec le récital bulgare m'a galvanisé.

À trois heures du matin, on escalade un rempart derrière le palais des Papes, et on saute

tout habillés du pont d'Avignon dans le Rhône. Le courant charrie des troncs d'arbres, on ne voit pas grand-chose, Fleur nage devant moi, je la suis.
On finit sur un toit de la ville, au cœur de la nuit.
On est trempés et un peu ivres, et là elle ferme les yeux :

"Je fais souvent ce rêve étrange et pénétrant
D'une femme inconnue, et que j'aime, et qui m'aime,
Et qui n'est, chaque fois, ni tout à fait la même
Ni tout à fait une autre, et m'aime et me comprend. [...]
Est-elle brune, blonde ou rousse ? – Je l'ignore.
Son nom ? Je me souviens qu'il est doux et sonore
Comme ceux des aimés que la Vie exila."

Je lui réponds avec le seul bout de poème que je sais par cœur :
"Qu'as-tu fait, ô toi que voilà,
Pleurant sans cesse,
Dis, qu'as-tu fait, toi que voilà,
De ta jeunesse ?"

Elle répond :
“Ma jeunesse ne fut qu’un ténébreux orage,
Traversé çà et là par de brillants soleils.”

Elle enchaîne :
“Ô enfance, étroite prison !
Que de fois j’ai pleuré derrière tes barreaux
En voyant passer, tout pailleté d’azur et d’or,
L’oiseau inconnu de mes rêves !
Ô nuits d’impatience”…

Elle m’attrape par le col :
“« Si tu t’imagines
si tu t’imagines
fillette fillette
si tu t’imagines
xa va xa va xa
va durer toujours
la saison des za
la saison des za
saison des amours
ce que tu te goures
fillette fillette
ce que tu te goures ».
« Vivez, si m’en croyez, n’attendez à demain :
Cueillez dès aujourd’hui les roses de la vie. »”

Puis elle se lève :
“Mon enfant, ma sœur,
Songe à la douceur

D'aller là-bas
vivre ensemble !
Aimer à loisir,
Aimer et mourir
Au pays qui te ressemble !
Là, tout n'est qu'ordre et beauté,
Luxe, calme, et volupté."

Elle saute d'un toit sur l'autre :
"Elle a passé, la jeune fille,
Vive et preste comme un oiseau,
À la main une fleur qui brille,
À la bouche un refrain nouveau.

C'est peut-être la seule au monde
Dont le cœur au mien répondrait,
Qui venant dans ma nuit profonde
D'un seul regard l'éclaircirait !

Mais non, – ma jeunesse est finie…
Adieu, doux rayon qui m'as lui, –
Parfum, jeune fille, harmonie…
Le bonheur passait, – il a fui !"

Moi je lui cours après, je lui dis :
"Comment t'as appris tout ça ?"
Je lui demande de tout répéter, parce que je veux noter les références, pour m'en souvenir. "Avant, la poésie, je comprenais rien, mais quand tu la dis, c'est pas pareil ! Comment tu fais ?

— Écoute les mots, sens leur écho en toi, éprouve leur matière, pense au fait que tu vas mourir, respire un grand souffle, et porte chaque vers au plus haut.
— J'y arriverai jamais, Fleur !
— « Espère en ton courage, espère en ma promesse ;
Et possédant déjà le cœur de ta maîtresse,
Pour vaincre un point d'honneur qui combat contre toi,
Laisse faire le temps, ta vaillance et ton roi. »"

Fringale, sueurs, tremblements.
Je veux lui prendre la main, mais elle dit
"Péloponnèse ! Rhododendron !"

et s'enfuit en courant.

12

Dans le cabinet du médecin.

“Oh là là, tu en fais une tête, toi !
Il ne faut pas t’inquiéter, mon garçon, c’est juste la fin de ta lune de miel…
Je parle de la période un peu faste qui suit la découverte du diabète. Le traitement est encore assez léger, on a presque l’impression de ne pas être malade.
Mais comme toute bonne chose, la lune de miel a une fin. Il faut être philosophe.
Là, tu as triplé tes doses en deux semaines ?
Toutes tes cellules bêta ont été détruites. Il va falloir adapter ton traitement.
Mais c’est pas la mort, il faut y aller là, tu peux sortir des toilettes ! Enfourche ta vie, et croque-la comme une pomme !

Sharon Stone, ça avance ?”

13

Durant l'été, j'écris mon premier poème, très dépouillé :

> Halte petit bonhomme.
> Que vas-tu donc chercher
> Dans ce grand désert d'hommes ?
> Un bel épi de blé.

J'ai écouté les mots,
j'ai senti leur écho en moi,
j'ai éprouvé leur matière,
j'ai pensé au fait que j'allais mourir,
j'ai respiré un grand souffle,
et le jour de la rentrée, j'ai voulu le déclamer à Fleur.
Je suis allé frapper chez elle.
Mais c'est sa mère qui m'a ouvert.
Fleur était partie, elle avait laissé un mot pour moi, scellé avec de la cire.

Avec de la cire…

14

"Cher toi,
Je suis partie explorer le dedans du monde.

Tu te souviens ? « Travailler sans souci de gloire ou de fortune, à tel voyage auquel on pense, dans la lune »...
Je me suis inscrite en spécialité géologie, je passe mon premier semestre en Colombie, à la jonction tectonique entre les deux Amériques.
Traquer « le vierge, le vivace, et le bel aujourd'hui », en mémoire de Stéphane Mallarmé.

Nous nous reverrons à mon retour – si retour il y a : je n'ai pris qu'un billet aller.

Avance sur ton chemin, et marche aux côtés de la mort en toute tranquillité. Tu recevras mes lettres, j'attends les tiennes.

Promettons-nous l'un l'autre de rester fidèles, chacun dans notre coin du monde, chacun à notre façon, à l'absolue transcendance de notre été avignonnais.

D'une manière ou d'une autre, pour toujours,

FLEUR"

À partir de ce jour, nous avons échangé des lettres.

15

Paris, le 30 septembre 2002

Oui, tu lis bien : Paris.
Fidèle à notre absolu, et décidé à porter le verbe au plus haut, je suis inscrit au conservatoire d'art dramatique.

— À moi, Comte, deux mots.
— Parle.
— Ôte-moi d'un doute.
Connais-tu bien don Diègue ?
— Oui.
— Parlons bas, écoute.
Sais-tu que ce vieillard fut la même vertu,
La vaillance et l'honneur de son temps, le sais-tu ?
— Peut-être.
— Cette ardeur que dans les yeux je porte,
Sais-tu que c'est son sang, le sais-tu ?
— Que m'importe !

— À quatre pas d'ici je te le fais savoir.
— Jeune présomptueux !
— Parle sans t'émouvoir.
Je suis jeune, il est vrai, mais aux âmes bien nées
La valeur n'attend pas le nombre des années.
— Te mesurer à moi ! qui t'a rendu si vain,
Toi qu'on n'a jamais vu les armes à la main ?
— Mes pareils à deux fois ne se font point connaître
Et pour leurs coups d'essai veulent des coups de maître.

En arrivant à Paris, tu penses à Corneille ! Moi je veux jouer Rodrigue, je veux jouer *Le Cid* à la Comédie-Française !

Dans le hall du conservatoire, il y a une annonce : "Recherche jeune comédien, vif, intrépide, pour interpréter un conflit générationnel".
Je vais au casting : c'est une publicité sur internet pour un complément alimentaire destiné aux personnes âgées.
J'arrive sur le plateau, le réalisateur me dit : "Bon le pitch, c'est simple : toi, tu joues une racaille, donc il faut que tu prennes l'accent.

— L'accent ?
— Oui.
— Quel accent ?
— L'accent racaille. *(Silence.)* T'as compris ou il y a quelque chose à expliquer ?
— Non, non, c'est bon, j'ai compris.
— OK, donc tu marches sur le trottoir, et t'as un air louche, tu vois, on sent que tu prépares un truc pas net, OK ?
— OK.
— Là, tu vois une vieille dame avec un gros sac à main, et tu te dis « Celle-là, je vais me la faire », tu lui fonces dedans et tu cherches à lui arracher son sac, OK ?
— OK.
— Sauf que la grand-mère, elle vient de prendre sa dose de complément vitaminé, elle est hyper en forme, elle ne lâche pas son sac et elle commence à te frapper. Toi, t'essaies de t'enfuir, mais elle te course sur le trottoir et tu demandes pitié, pitié, qu'elle te laisse tranquille…
T'as compris ?"

Quelques minutes plus tard, une casquette à l'envers sur la tête, j'essaie de prendre l'accent racaille et d'avoir un air louche, je me fais poursuivre dans la rue par une actrice qui joue une vieille dame dopée au complément vitaminé, et au moment où elle me fait trébucher, je lui dis :

> Ô rage ! Ô désespoir ! Ô vieillesse ennemie !
> N'ai-je donc tant vécu que pour cette infamie ?
> Et ne suis-je blanchi dans les travaux guerriers
> Que pour voir en un jour flétrir tant de lauriers ?
> Mon bras, qu'avec respect toute l'Espagne admire,
> Mon bras, qui tant de fois a sauvé cet empire,
> Tant de fois affermi le trône de son roi,
> Trahit donc ma querelle, et ne fait rien pour moi ?

Ils ont pris un autre acteur.
Je le sais Fleur, le chemin sera long, mais je deviendrai comédien, tu verras.
Tu pourras être fière.
Je t'embrasse.

16
[Lettres d'Amérique]

Après son semestre en Colombie, Fleur n'a pas pris de billet retour.
Elle est partie explorer l'Amérique du Sud.

*

Janvier 2003, Venezuela

Cher,
je poursuis ma recherche sur la géologie de l'ère précolombienne ici à Caracas, mais ironie du programme de licence, je dois aussi réviser la dynamique de la biosphère en Nouvelle-Zélande, la déclinaison des milieux morphoclimatiques en Norvège, et la formation du calcaire au Tadjikistan oriental depuis l'ère paléochrétienne.
Je t'espère solidaire.

*

Mars 2003, Brésil

J'espère que tu apprécies la feuille du canard local qui fait office d'enveloppe : je n'ai pas trouvé mieux.
Pardon aussi pour les taches de guarana, c'est la boisson de tout le monde ici, je n'y ai pas échappé.
Dans chacune de mes expéditions, ton esprit m'accompagne. C'est grâce à ce que tu représentes que plusieurs fois je n'ai pas sombré.

J'ai repensé à la chance que tu as de connaître le vertige glycémique de l'hyper et de l'hypo. "Qu'importe le flacon, pourvu qu'on ait l'ivresse !" Pense à la syphilis de Baudelaire, au cancer dans la jambe de Rimbaud, et surtout à Verlaine : diabète, ulcère et pneumonie ! Facteur émotionnel X, *dérèglement de tous les sens, Je est un autre, la Terre est bleue comme une orange* !

*

Novembre 2003, Argentine

J'ai enfin réussi à faire développer mes photos : je t'envoie celle de mon nouvel animal-totem, le lama !

Tout est intense ici, un plaisir fou se dégage des pierres, je n'ai pas dormi depuis trois jours.
Je veux vivre dans un éclair, car ce sont eux qui rendent sublimes les nuits d'orage.
Désolée je change de crayon parce que l'autre vient de faire une fugue en sautant par-dessus le balcon.

*

Février 2004, Terre de Feu

Hier, j'ai décidé d'éliminer de mon langage toute une classe grammaticale : les adverbes.
C'est le pissenlit de l'esprit.
À partir d'aujourd'hui, je ne dirai plus "C'est vraiment beau", mais "C'est beau".
Je ne dirai plus "Je pense sincèrement que" mais "Je pense que".
Et je ne dirai plus jamais : "Je t'aime beaucoup".
D'une manière ou d'une autre, pour toujours.

FLEUR

*

Je ne suis pas sûr que je comprenais vraiment tout ce qu'elle voulait me dire, mais à vingt ans, j'étais transporté par ces lettres.

Nous étions tous deux les personnages d'un roman qu'il fallait inventer.

17

Quand son périple en Amérique a pris fin, je lui ai écrit.

“Fleur,
puisque tu n’es pas allée au Pérou, je te propose qu’on y aille ensemble.
Je te rejoins, et on transcende.
On va dans des petits villages incas, et on joue *Le Cid.* Tous les deux.
Toi, tu fais Chimène, Elvire, Léonor et l’Infante, en alternance ;
Moi, Rodrigue, Don Gomès, Don Diègue, Don Sanche, Don Arias, Don Alonse et Don Fernand, le premier roi de Castille.
Faudra juste que tu traduises Corneille en quechua. Tu acceptes ?
En plus, j’ai vu à la télé que là-bas, ils ont des chamanes qui ont des substances ancestrales. Ils pourront peut-être guérir mon diabète.”

*

Depuis que j'étais malade, je n'avais encore jamais voyagé à l'étranger.
Alors, avant d'aller six mois au Pérou, je me suis dit : déjà essayer une semaine en Angleterre.
Mon père avait une cousine qui avait un ami qui... Bref, je me suis retrouvé dans la banlieue de Norwich, fin fond du comté de Norfolk.
Un soir où j'étais sorti, j'ai réussi à rater le dernier bus pour rentrer dans ma famille d'accueil.
Il est presque une heure du matin, il fait froid, il pleut, et je me retrouve à devoir marcher tout seul en pleine nuit dans les rues désertes.
Je marche, je marche, je cherche mon chemin.
Au bout de quarante-cinq minutes, je me rends compte que je suis complètement perdu, et que mon taux de sucre est en chute libre.
Je n'ai pas mangé depuis plusieurs heures, je n'ai rien sur moi, je transpire à grosses gouttes – je suis à 52 mg/DL –, tout est fermé, je suis au bord du coma hypoglycémique.

Et là, miracle, je vois de la lumière au coin d'une rue : c'est un pub encore ouvert.
Je pousse les portes en hurlant :
"Please, please! Please, sugar! Sugar, sugar! Diabetic, diabetic!"
Tout le monde me regarde mais personne ne réagit.
Je vois un gros morceau de pudding recouvert de chocolat qui traîne sur le bar, je me précipite dessus, mais je me fais soulever par deux molosses, et je me retrouve sur le trottoir, au milieu des poubelles, à demi conscient.
Là, je me dis : "Ma vie s'achève là, dans un caniveau, devant un pub minable, au fond d'un trou perdu de l'Angleterre. *This is the end.*"
Heureusement, quelqu'un avait réussi à comprendre mon accent : c'était un touriste belge. Son paquet de gaufres m'a sauvé la vie.
Ça, c'était l'Angleterre.
Le Pérou… c'était pas gagné.
(Comment on dit diabétique, en quechua ?)

*

Il faut dire aussi que j'étais très absorbé par le théâtre.
Avec des camarades du Conservatoire, on avait décidé de créer notre première compagnie, j'avais choisi le nom : Vox Poetica ! On travaillait sur un récital poétique autour de Mallarmé. En attendant, on faisait nos gammes avec Feydeau. On avait organisé une grande tournée estivale dans le Périgord : Sarlat, Montignac, Marqueyssac, Groléjac, Barsac.

D'une manière ou d'une autre, je voulais être constamment sur la route, comme elle.

18
[Lettres d'une Fleur autour du monde]

Sais-tu Stanislas que les Canadiens ont des chants révolutionnaires ? Le plus fameux s'appelle : "Le phoque chante sur la rive déserte…"

…

/ pendant un mois, j'ai cherché tous les soirs à savoir si j'avais appris au moins deux choses dans la journée, et le fait est que tous les jours ont livré leur moisson de surprises et de nouveautés, j'ai l'impression que ce mois écoulé m'a transformée, quant à savoir comment, l'avenir le dira, enfin j'espère que tu vas bien, bon anniversaire, FLEUR

…

/ en Russie, j'ai appris tout le vocabulaire pour dire : inondation, digues, barrages et autres

…

/ merci pour ta longue lettre. Plus tu écris, plus je t'entends. C'est par le biais de l'écriture que nous pourrons aller plus loin. Maintenant que nous sommes à nouveau inconnus l'un pour l'autre, on pourrait se redécouvrir, qui sait ?

...

/ le soleil se lève au sommet du mont Sinaï, une petite chapelle côtoie une mosquée, Moïse reçoit les Lois, et tout en bas dans la vallée, pour protéger le buisson ardent, le monastère orthodoxe Sainte-Catherine, construction en brique perdue au milieu du désert

...

/ mon rêve est de monter un pur-sang arabe sur une plage de la mer Morte à Dahab

...

/ excuse-moi, je ne t'ai pas répondu mais oui, tu as raison : je ne me suis pas arrêtée au Pérou. Allons-y ensemble dès que possible, on pourra même faire un détour par le Sahara sub-oriental, ça peut être très bien les Touaregs

...

/ et on ira faire de l'escalade sur le Machu Picchu ?

...

/ je viens d'achever ma licence, et j'ai dégoté une bourse pour faire un mémoire de maîtrise sur l'exploitation botanique et la production d'huile essentielle de rose en Turquie, je pars pour un an à Ankara, on remet le Pérou à plus tard. Comment va être l'année à venir ? et les relations que je vais maintenir avec les autres ? avec toi ?

…

/ dans un bar d'Istanbul, il y avait un serveur palestinien qui nous a fait une longue tirade sur l'amour du pays et après chacun a chanté une chanson de chez lui, grâce à toi j'ai pu chanter *Les Amoureux des bancs publics* en me rappelant les doigtés des premiers accords mais c'était laborieux, puis on a eu des chants en marocain, espagnol, italien, américain, allemand, syrien, palestinien, français, québécois, polonais, japonais, flamand, coréen… je sais dire bonjour et merci dans toutes ces langues maintenant

…

/ mon année en Turquie se termine, je repars explorer le reste du monde. Et d'abord le Pérou, avec toi, enfin ?

…

/ sinon je te fais parvenir des confitures pour ton diabète, tu m'en diras des nouvelles

…

/ ah au fait je crois que je vais arrêter le grec

…

/ Péloponnèse.

19

Ma chère Fleur,

Ton écriture sur l'enveloppe a fait mon bonheur d'hier.
J'aime avoir de tes nouvelles, j'aime savoir que tu avances dans ta vie, j'aime connaître chacune de tes destinations, j'aime sentir que tu aimes des choses, que tu aimes des gens.
Je comprends pourquoi tu n'avais pas voulu me prendre la main à Avignon. Tu as raison, on ne sait pas où ça nous aurait menés.

Ces derniers temps, je suis sorti, et j'ai eu plusieurs histoires avec des filles. On a fait l'amour, je crois que c'est comme ça qu'il faut dire.
Tu sais, la sexualité avec le diabète, c'est pas toujours facile. Parfois j'ai l'impression que

dans le lit, on n'est pas deux mais trois, l'invité surprise c'est le lecteur de glycémie. Il est toujours là pour te dire si le feu est vert ou s'il est rouge… Mais bon, c'était bien.

Tu as eu raison d'aller au Pérou sans moi. Je vais finir par jouer *Le Cid* ici, tout seul avec mon vieux bras que toute l'Espagne admire.
Mais pourquoi tu ne reviens pas ? Ici, j'ai des amis qui ont un corps, une voix, un regard. Je les vois. Toi, c'est pas pareil : je te lis. Tu es une drôle de chose épistolaire. Qu'est-ce qu'on fait de ça ?

Tu sais Fleur, cette lettre que je suis en train de t'écrire, je ne te l'enverrai jamais.

Je t'embrasse.

20

Les mois passent.
La maladie marche à mes côtés, sourde menace, fidèle compagne de route.
Fleur continue ses voyages.
Je fais du théâtre.
Nos lettres se font moins fréquentes.

Jusqu'à ce courrier du 25 janvier 2007 :

"J'ai décidé de rentrer, il faut que nous nous voyions.
Impossible de laisser plus de temps sans croiser nos chemins, sans constater ce que devient l'autre.
Qui nous dit que nous sommes toujours « nous » ?

Je vais passer quinze jours à Paris. Je te propose qu'on se retrouve samedi 26, une heure avant midi, sur le kilomètre zéro devant Notre-Dame. Nous irons manger à la brasserie du Soleil d'Or."

21

Kilomètre zéro, Notre-Dame. Brasserie du Soleil d'Or.

À peine installée, Fleur a dit :
“Tu sais pourquoi je t'ai donné rendez-vous ici ? Nous sommes sur la rose des vents. Le point de départ de toutes les routes de France.”
J'ai répondu :
“Alors tu reviens ? Définitivement ? Tu vas explorer l'Hexagone ? Montbéliard, Cherbourg… ?
— Non. Dans les temps qui viennent, je vais plutôt flirter avec l'équateur.
— Donc tu retournes en Amérique du Sud ?
— L'autre rive de l'Atlantique, Stanislas.
Je vais longer la Côte de l'Or et le golfe de Guinée.
Je pars m'enivrer d'Afrique : la fleur d'oranger, les manguiers, l'encens, l'ambre, le clou de girofle…

Figure-toi qu'on me propose de travailler dans les parfums.
Je décolle après-demain.
Alors toi, tu quittes tout, tu prends *Cyrano*, Corneille et un stock d'insuline, et tu viens avec moi, d'accord ?
(Silence.)
— Après-demain ? Qui te propose ça ?
— Une grande entreprise.
Ça te surprend ?
— J'aurais été moins étonné d'une nouvelle fouille en Ouzbékistan ou d'un dispensaire en Inde…
Dans tes dernières lettres, tu m'écrivais que tu voulais vivre dans la tribu des Indiens guaranis au Guatemala !
— L'idée reste la même : je vais explorer des terres inconnues, faire œuvre de naturaliste, inventorier des minéraux et des plantes, recueillir des extraits végétaux, protéger une flore menacée…
Je vais aussi tisser des liens avec des humains que je n'aurais jamais rencontrés autrement.
Je pars à la découverte de l'Autre, c'est ça qui me pousse…
— Qui te pousse à vingt-deux ans dans l'industrie cosmétique ?

— Stanislas, je vais être chargée de mission pour le développement durable des matières premières, c'est important, non ?
— Mais tu vends ton âme au diable. C'est les multinationales comme celle pour laquelle tu vas travailler qui empêchent le remboursement de l'insuline dans plein de pays d'Afrique.
Les gamins de quinze ans à qui on découvre un diabète, là-bas, ils meurent !
Si j'étais né au Burkina, je serais mort !
— Évidemment, il est plus efficace de combattre ces injustices sur une scène de théâtre, bien au chaud sous les projecteurs… Tu confonds tout. Et tu es un peu naïf.
Pardon mais de nos jours, non, je ne trouve pas absurde de m'engager pour la biodiversité dans une entreprise internationale qui, elle, a le pouvoir de changer les choses.
Tu penses quoi, que je me renie ? Que j'ai oublié la poésie ?
Elle est au cœur de ma vie, Stanislas. Mais la poésie n'est pas seule.
Et si je me trompe, rien ne m'empêchera d'envoyer tout valser et de rejoindre les Guaranis, je suis libre.
(Silence.)

— Excuse-moi, je comprends.
— Viens me voir, Stanislas. On visitera Ouagadougou en utilisant une carte de Dakar !
On fera des excursions poétiques.
Comme avant.
— Je pense souvent à toi, Fleur. Avec la troupe, dans le métro, on dit des poèmes de Mallarmé à l'oreille des gens :

> À la nue accablante tu
> Basse de basaltes et de laves
> À même les échos esclaves
> Par une trompe sans vertu…

Tu te souviens ?"

Elle poursuit.

> "Calme bloc ici-bas chu d'un désastre obscur,
> Que ce granit du moins montre à jamais sa borne
> Aux noirs vols du Blasphème épars dans le futur…

Je me souviens, oui.
Dans la boîte de conserve parisienne, j'imagine que les alexandrins n'exaltent pas les foules.
— Détrompe-toi ! Des gens rangent leurs écouteurs, tendent l'oreille…

Ils ne comprennent pas tout, mais nous non plus.
On va créer bientôt le spectacle Mallarmé.
Il faut trouver un théâtre kamikaze.
— C'est un sacerdoce que de défendre la poésie sur une scène.
Nous n'empruntons pas les mêmes sentiers, mais nos vies sont aimantées par l'absolu.
Fais tout de même attention au « théâtre ».
Reste droit, ne deviens pas trop « comédien ».
Continue à transcender.
— D'accord, Fleur. Mais alors toi, promets-moi aussi, certains soirs, après avoir passé toute la journée en costume tailleur au milieu des paysages brûlés par le soleil, d'enlever quelquefois tes escarpins, et de rester pieds nus sous la pluie…

— Je te le promets."

22

"Tu peux nous dire de quoi parle Victor Hugo ?"

> Je ne regarderai ni l'or du soir qui tombe,
> Ni les voiles au loin descendant vers Harfleur,
> Et quand j'arriverai, je mettrai sur ta tombe
> Un bouquet de houx vert et de bruyère en fleur.

23

Dans le petit cimetière de Belley,
une équipe de géographes à lunettes,
un drôle de couple sorti des Années folles,
un libraire hirsute,
ses collègues de travail.
Des Marocains qui se tiennent les mains,
une vieille Espagnole en rouge et noir,
un grand Canadien rigolo,
et tout au fond, derrière la famille,
quelques bonnets péruviens.
Aucun prêtre.
Sur le cercueil, une couronne :
"Le souvenir est le parfum de l'âme.
L'entreprise reconnaissante."

Devant la tombe, je m'apprête à lire la tirade de Cyrano qu'elle avait déclamée à Avignon.
Mais, au moment de lire, un souvenir d'enfance m'est revenu,
et je n'ai pas pu lire.

J'ai lancé le livre dans le trou.

24

Je suis retourné voir Fleur.

Dessus la pierre, il y a des fleurs.
Des fleurs pour Fleur.
Et dessous la pierre, il y a Fleur.
La pierre est entourée de Fleur.
Dessus et dessous.
C'est une pierre fleurie.
C'est une Fleur qui pousse dans la pierre.
Qui pousse en haut, qui pousse en bas.
Qui pousse en dedans.

On trouve ici des roses écarlates, quelques lys innocents et de vifs germinis, tout un cortège léger de primevères et d'œillets, de solides chrysanthèmes pour faire face à l'hiver, l'eucalyptus caché pour l'amour des voyages, et la fleur d'églantier pour le salut à l'âme.

Foin d'une vie glycémique et foin de la tiédeur, point de marbre pesant, ni granit prétentieux, c'est là que tu reposes, déconneuse en béret.

Du Pérou, du palud, lequel t'a plus perdue ? Malaria mal à dire, ou fièvre des marais ? Merci à la risée, et sourire à la nique, tu traverses à cheval un continent de vagues.

Je ne viens pas ici pour te faire la retape d'un monde que tu aimas plus que tout autre monde, Péloponnèse, magnolia ! Je viens te dire merci, je viens te dire adieu, je viens te saluer, pour demain pour toujours, d'une manière ou d'une autre.

Tu sais, nous, nous bringuebalons, sans cesse avec le jour, de cahin pour caha, toujours peur de la suite, entre novembre et dimanche soir, lorgnant le bout par la vie brève, le cœur à l'estocade et la grâce en attente ; nous, on balance tohu-bohu, les cheveux en épingle et la main ramollie, la serviette en cravate et le désir moins dru ; mais qu'on l'apprenne un jour si on l'ignore une fois : tout comme Fleur, nous comme toi, nous espérons du jour trois pyramides ou un chamois, nous escomptons comme toi de quoi brûler prunelles, nous traquons l'améthyste et le plus dur métal, nous guettons en silence le cri du nourrisson, nous joignons nos mains jointes en prière du dedans, nous fomentons en bas des appels verticaux.

Et tous ces corps qu'on a touchés ou caressés, tous ces paysages qu'on a perforés, tous ces animaux qui nous ont inspirés, toute la généreuse imposture, le bel élan qui n'anticipe rien, tous ces mots qui nous remâchent, la perpendiculaire du ciel qui nous assomme, le vol d'étourneaux, la paille séchée dans les chaussures, et le vin et le vent, et les pierres des cailloux, la pendule qui chavire, rien jamais sera nul, rien non plus non avenu ! Tout ça survivra grand, survivra petit bas. L'horizon se dégage, tout s'offre et se consume.

Grande Fleur des apogées, céleste et dérisoire, ma sœur en canular, ma copine en poème, petite fleur de papier, je te fais mon envoi de mots les plus fragiles, de fantasques arabesques et de sketches potaches. Tu t'y reconnaîtras, t'y reconnaîtras pas. J'ai mis de l'arrangement, j'ai mis de la licence, mais tout ce qui te fait qui fait que je suis là, tes voyages en panache et ta grammaire sauvage, tout ton accoutrement et ta folle dégaine,

ton rire jaillissant et tes précautions calmes,
ta lumière absolue et tes coquettes phrases,
toutes ces choses écloses et sitôt reparties,

je les dépose là, devant toi devant moi,

je les dépose là juste avant de partir,

je les dépose là pour qu'elles demeurent
un peu.

RÉFÉRENCES DES CITATIONS

Page 11 : Victor Hugo, “Demain dès l'aube…”, *Les Contemplations*, 1856.

Pages 37-39 : Paroles de la chanson “Les Choses”, issue de l'album *Gratte poil* (2000), Têtes Raides, auteur Christian Olivier © Mon Pauvre Ami / BMG Rights Management.

Page 39 : Réplique d'Ysé à Mesa dans *Partage de midi* de Paul Claudel, acte I, scène 3, 1906.

Page 42 : Edmond Rostand, *Cyrano de Bergerac*, acte II, scène 8, 1897.

Page 43 : Paul Verlaine, “Mon rêve familier”, *Poèmes saturniens*, 1866.

Page 43 : Paul Verlaine, “Le ciel est, par-dessus le toit”, *Sagesse*, 1880.

Page 44 : Charles Baudelaire, “L'Ennemi”, *Les Fleurs du mal*, 1857.

Page 44 : Stefan Zweig, poème liminaire à *Brûlant secret*, Paris, Grasset, 1945.

Page 44 : Raymond Queneau, “Si tu t'imagines”, *L'Instant fatal*, 1948.

Page 44 : Pierre de Ronsard, *Sonnets pour Hélène*, 1578.

Pages 44-45 : Charles Baudelaire, “L’Invitation au voyage”, *op. cit.*

Page 45 : Gérard de Nerval, “Une allée du Luxembourg”, *Odelettes*, 1853.

Page 46 : Corneille, *Le Cid*, acte V, scène 7, 1637.

Page 49 : Edmond Rostand, *Cyrano de Bergerac*, *op. cit.*

Pages 51-52 : Corneille, *Le Cid*, acte II, scène 2.

Page 54 : Corneille, *Le Cid*, acte I, scène 4.

Page 72 : Stéphane Mallarmé, “À la nue accablante”, *Poésies*, 1914.

Page 72 : Stéphane Mallarmé, “Le Tombeau d’Edgar Poe”, *op. cit.*

Page 74 : Victor Hugo, “Demain dès l’aube…”, *op. cit.*

REMERCIEMENTS

Le spectacle *Insuline & Magnolia* a été créé le 24 novembre 2021 à la Maison de la Culture d'Amiens.

Je tiens à remercier tout particulièrement Alexis Leprince, qui a accompagné de manière décisive l'écriture et la mise en scène de ce texte, dans une mission de dramaturgie aussi inventive que généreuse. C'est grâce à l'exigence de son écoute et l'obstination de sa confiance que j'ai pu faire grandir l'intuition de cette aventure.

Je remercie les collaborateurs artistiques qui ont bien voulu m'aider dans la réalisation de ce projet : Denis Guénoun, compagnon de longue route, qui a suivi avec ardeur une partie du travail scénique et m'a soufflé son titre ; Cédric Orain et Florent Turello, dont le subtil discernement a permis aux premières moutures du texte de voir le jour ; et Nil Bosca, dont la bienveillante profondeur m'a guidé.

Je suis très reconnaissant à Guillaume Gallienne (de la Comédie-Française) d'avoir apporté le brio de sa vision sur le spectacle, en particulier concernant la direction d'acteur.

Je remercie vivement Valérie-Anne Expert de m'avoir suivi depuis notre rencontre à Brangues en 2010, et d'avoir œuvré à faire connaître ce texte.

Merci à Claire David pour sa confiance accordée, et la promptitude de son engagement à publier ce livre.

Merci à Edward de Lumley, Simon Pons-Rotbardt, le Centre des monuments nationaux et la Maison George-Sand pour les premières résidences d'écriture.

Merci à Anne-Sophie Dupoux, directrice d'Artépo, pour son indéfectible amitié depuis ce dîner des Philosophes.

Merci à Kamel Isker pour ses retours aussi encourageants que francs.

Merci à Christian Girardot pour sa musique, à Yvan Lombard pour sa lumière, à Octave Broutard pour ses enregistrements, à Gilles Jauffret pour ses couleurs, à Gwladys Duthil pour ses costumes.

Merci à Laurent Dréano et l'équipe de la Maison de la Culture d'Amiens d'avoir accueilli et coproduit la création du spectacle, en ma qualité d'artiste compagnon.

Merci à Thierry Macia et l'équipe de la Maison des Arts du Léman d'avoir également coproduit le spectacle, en ma qualité d'artiste associé.

Merci à Aurélien Rondeau, Charles Petit et l'équipe du Théâtre du Train Bleu, d'avoir rendu possible l'euphorique série avignonnaise de l'été 2022, après les représentations du Phénix Festival au Théâtre de la Reine Blanche.

Merci à Émeline Bacon, Samira Bentahar, Anne-Sophie Boulan, Emmanuelle Dhordain Emont, Grégoire Milot, Isabelle Muraour et toute l'équipe d'État d'Esprit pour leur aide si précieuse à faire vivre ce spectacle.

Merci à Gildas Leroux et La Compagnie des Indes pour la mémoire de la vidéo.

Merci à la Compagnie Jérôme Deschamps, aux Plateaux Sauvages, au Théâtre de la Cité Internationale et au Foyer de l'âme de nous avoir accueillis pour les répétitions.

Merci au Dr Claude Colas, diabétologue, pour sa délicate attention et ses diverses recommandations.

Merci enfin à toutes les personnes qui m'ont généreusement conseillé ou aidé sur ce long chemin de création, en particulier mes parents, mais aussi Camille Blouet, Chrystel Calvet, Frédéric Cherboeuf, Olivier Constant, Charles Habib-Drouot, Victor-Hadrien Aureillan,

Matila Malliarakis, Antoine Melchior, Miquel Oliu Barton, M. et Mme Peyrol, Marie Picgirard, Alexe Poukine, Hervé Rey, Stanislas Siwiorek, Charles Zévaco et les Scènes Sauvages.

DANS LA MÊME COLLECTION

Laurent Gaudé, *Grand Menteur*, 2022.
Nora Hamzawi, *Public imaginaire*, 2021.
Felwine Sarr, *Traces*, 2021.
Jean-Michel Djian, *Rimbaud en feu*, 2021.
Scali Delpeyrat, *Je ne suis plus inquiet*, 2020.
Élise Noiraud, *Élise*, 2020.
Paul Verrept, *Raz de marée* suivi de *Marée basse*, 2020.

OUVRAGE RÉALISÉ
PAR L'ATELIER GRAPHIQUE ACTES SUD
REPRODUIT ET ACHEVÉ D'IMPRIMER
EN MARS 2025
PAR L'IMPRIMERIE CORLET
À CONDÉ-EN-NORMANDIE
POUR LE COMPTE DES ÉDITIONS
ACTES SUD
LE MÉJAN
PLACE NINA-BERBEROVA
13200 ARLES

DÉPÔT LÉGAL
1re ÉDITION : MARS 2023
N° impr. : 25030405
(Imprimé en France)